동짓달 기나긴 밤에

안도섭 ◆ 서사시집

동짓달 기나긴 밤에

글누림

머리말

　이 서사시는 황진이의 기구한 출생과 그 삶을 그린 것으로, 조선의 중종시대를 배경으로 하고 있다. 기구한 운명을 타고 난 황진이의 본명은 진이요, 일명 진랑眞娘 또는 명월明月이라는 이름을 가진 송도의 명기이다.

　그녀에 대한 기록은 「호명월해동명기號明月海東名妓」, 「해일海一」, 「송도명기호명월松都名妓號明月」, 「해주海周」 등 여러 문헌에서 그녀의 명기로서의 진면목을 엿볼 수 있다.

　황진이의 출생 연도는 중종 초기인 1510년대로 여겨지며, 그녀가 교류했던 인물로는 당대의 석학인 화담 서경덕(1489~1546)과 대제학을 지낸 양곡 소세양(1485~1562), 그리고 소설 <원생몽유록>을 쓴 백호 임제林悌 등이다.

　이 작품의 서시는 백호 임제가 평안도사로 부임해 가다 진의 무덤을 찾은 것은 그의 나이 서른다섯인 1578년이다. 그때 송도를 지나면서 황진이의 무덤에 예를 갖추며 인생의 무상을 느끼는 데서 이 서사시는 시작된다.

　진이의 명시 10여 편과 한시 약간이 남아 있어 그의 주옥같은 작품에 대한 향수는 더욱 크다 할 것이다.

안도섭

차 례

동짓달 기나긴 밤에

서 시

백호 임제林悌는

평안 도사로 부임하기 위해

집을 나서 송도를 지날 때

문득 황진이 생각 떠올라

선죽교 지나는 행인에게 물었거니

— 세상 뜬 지가 언제인데요!

놀란 임제는

제문과 제물을 갖추어

잡초 속에 묻힌 그의 무덤에

사모의 정을 다하였으니

청초 우거진 골에
자는가 누웠는가

홍안을 어디 두고
백골만 묻혔는가

잔 들어 권하는 이 없으니
그를 설어하노라

이 일로 정적들의 음해 받게 되지만
그의 황진이에 대한 성가聲價는
시공을 뛰어넘는 울림을 남기었네

숨겨진 출생비화

1

날로 글과 예술이 꽃피어 가던
중조시절,
황진이는 개성의 새 별로 태어났지

아전 진현금의 딸로
열여덟 나이에
그녀는 활짝 핀 처녀였으니

꽃샘 지나 속잎 트고
산에 들에 버들개지 휘늘어진
어느 햇볕 따스한 봄날

병부교 다리 아래
아낙네들의 빨래 방망이 소리
토닥토닥 울리고

그 중에 진현금도 빨래를 하며
옆 아낙네와 소곤거리는데
이때 다리 위 걷던 한 젊은이

그는 송도 황 진사의 아들로
무심코 다리 아래 굽어보다
눈이 한 곳에 얼어붙고 있었네

2

- 참 절색이군!
그가 놀란 눈으로 내려다보는 순간
현금의 눈길과 마주쳤으니

소스라치게 놀란 그녀는
그의 타는 듯한 눈길을 피해
다시 방망이질을 시작하는데
그는 어디론가 걸어가고 있었지

어느 결에 빨래터 아낙네들
뿔뿔이 헤어져 갔을 때
현금은 넋나간 사람처럼
아까 본 사나이의 환상을 그리고 있었네

그녀의 심장은 콩당거리며
석양빛은 서산마루에 기우는데

무슨 인연이런가

그 사나이 다가오더니
던지는 한 마디

― 물을 좀 떠주오
그녀는 사뿐사뿐 걸어가
개천가 옹달샘에서 물을 떠다 주었네

3

그는 물을 마시는 척하다
쏟아버리고 허리에 찬 병을 꺼내
그 물을 한 모금 마시더니

그녀에게 건네며
— 이 남은 물 절반은 그대가 마셔요
현금은 얼떨결에 그 물을 다 마셔버렸지

허나 그것은 물이 아니라
술이었으니 겸연쩍은 듯
그녀를 쳐다보면서 웃음을 헤뜨리더니

— 집이 어딘지 같이 갈 수 없겠소
현금은 눈웃음으로 대답하니
그날밤부터 그는 아전의 딸에게 다녔네

신분상 그들은 결혼 대신
붉은 사랑을 이루며

꽃다운 청춘을 불태웠으니

그 후 일년 만에 현금은
딸을 낳는데 어인 일인가
방안은 향기로 가득했다 하거늘

4

진이를 낳기 사흘 전부터
방안에는 그윽한 향기 감돌아
길조인 듯싶었으나 그것은 잠시

그 이름 진이라 부르고,
용모와 재원이 뛰어났으나
모녀는 슬픈 숙명을 안고 있었으니

현금은 황 진사의 첩이요
진이는 황 진사의 서녀라는 그 숙명

그들의 운명은
병목교의 다리 아래서
이미 점지되어 있었네

모녀는 한 사나이 황 진사를 두고,
어머니는 임을 그리워하고

진이는 아버지를 못내 그리워하는
얄궂은 운명이 아니던가

5

훗날 아버지에 대한
진이의 그리움과 체념은
강보에 싸였을 때부터 싹터 있었지

허나 현금은 진이를 극진히 기르고
님에게 쏟지 못한 애정을
송두리째 딸에게 쏟아 붓고 가르쳤네

여덟 살에 '천자문'을 뗀 진이는
열 살에 '열녀전'을 읽고
이어 '사서삼경四書三經'을 읽으면서

율律과 부賦 짓기, 묵화墨畵도 치고
거문고 열두 줄도 튕길 줄 알았으니

그런 재능뿐 아니라 인품도 빼어나고
부드러운 성품에 섬세한데다

문장이 일품이라

이웃 간에 소문이 나기 시작했네

6

송도 삼절의 석학이요
일찍이 그의 슬하에서 배웠던
서화담徐花潭의 죽음을 노래한 절곡을 보자

　　산은 옛 산이로되
　　물은 옛 물이 아니노라

　　주야에 흐르니
　　옛 물이 있을소냐

　　인걸도 물과 같도다
　　가고 아니 오노매라

스승을 보내고 허무를 노래했던
그녀는 임제林悌에게도
'잔 잡아 권할 이 없음을' 슬퍼했으니

　　어저 내 일이여
　　그런 줄을 모르던가

이시라 하드면
가랴마는

제 구태여 보내고
그리는 정은 나도 몰라 하노라

박연폭포

1

성종 대에 '을사대전'이 완성되어
도첩제를 폐지하게 되니
스님의 신분도 낮아지게 되는데

연산군 시절 원각사 폐지하고
사찰의 모습은 어디서도 볼 수 없었지

아미타불을 모신 극락전 뜰에 이른
진이는 7층 석탑의 풍경소리를 듣자
종은사의 풍경을 어렴풋이 떠올렸네

진이의 눈에 저도 모르게
구슬 같은 눈물이 맺히고
한 방울 두 방울 치마폭에 망울지는데

그녀의 곁에 한 스님이 나타나
'관세음보살'을 뇌자
진이는 두 손 모아 눈을 감고 있었네

2

진이는 큰스님 거처인 별당길 지나
담 너머 뒤뜰에 안내되는데
백송 위에는 비둘기 우는 구구구 소리

진이는 공양주할미 옆방으로 들어
진관 스님의 당부를 들었는지
미음을 쑤어 소반에 받쳐들고 왔네

동안거冬安居 하루 전날,
진이는 방에 누워있는 날이 많았는데
절에 온 지 보름이 지나 첫눈이 내려

온누리는 고요하고
흰 눈송이 하염없이 내릴 때

진이는 웬 꿈을 꾸다 놀라 깨어
고즈넉한 아침
속옷을 두둑히 껴입고 마당에 나서니

– 아니, 이 눈밭에 성한 몸도 아니면서
할미는 마음이 놓이지 않아 걱정이 태산이었네

3

진이는 골짜기 다리 위에 올라
일주문을 향해 정신없이 걷다가
누군가 지나간 발자국을 보고 멈추어 섰지

잠시 눈을 감으니 눈 세상과는 다른
캄캄한 세상,
죽음 뒤에나 있을 법한 적막한 세상

다시 눈 뜬 진이는 몇 발자국 걷자
신발 뒤꿈치에서는 개구리 울음소리
뒤로 하며 한 발 한 발 나아갔네

그때 누군가 외치는 소리
— 위험해요!
분명 그건 환청이었을 게다

무심코 걷던 진이는 그 소리에 놀라
걸음을 멈추니

발치 끝에는 너럭바위가 서 있고
그 너머는 가파른 벼랑이었으니

그때 한 스님이 지나며 뇌는 말이
꿈속에서처럼 들리고 있었네

― 마음을 비워라, 만유는 있다가도 없는 것
   산다는 건 꿈꾸는 것, 목마르고 또 목마르며
   잃고 또 잃는 것이여……

4

별채 안 뜰에 들어선 진이는 목이 마른지
바위 틈으로 흐르는 약수 떠 마시고 있을 때
그 모습을 본 공양주할미가 타이르길

― 아씨, 눈밭에 어찌 멀리 갔어요?
　 진관스님이 아씨 걱정을 몹시 했어요,
　 귀한 몸 맡았다 내가 낭패볼 뻔했소

그 사이 별채에 낯선 선비 하나 나타나자
진이는 가볍게 고개 숙여 인사를 했네

그 선비 역시 좀 전에 마주쳐
초면은 아니지만
머쓱하기는 매한가지

선비는 진이와 눈을 마주보지 않고
고개를 돌리고 말았지만
진이의 낯빛은 왠지 싸늘해지는데

아뿔싸 진이는

그 선비를 멸시해 버린 탓일까

5

먹물 같은 산중의 밤
부엌할미가 진이의 방 두드리며 말했네
— 아씨, 오늘밤은 내 방 건너 와 주무세요
   선비님 잠자리는 옆방에 들게 했으니……

진이는 무슨 흥이 일었는지
먹을 갈아 한시 몇 수 써 내리며 말했네
— 괜찮네, 잘 단속할 테니 걱정 마세요

— 아씨, 문단속 잘 하세요
할미가 한 마디 던지고 간 후
선비는 자정이 지난 뒤 옆방으로 드는데

이 오밤을 붓으로 지샐 것인지
진이는 평소 즐겨 읽던 당시唐詩 중
두보의 오행절구 한 수를 써 내리고 있었네

글을 써 내리는 중에도 한 가지 생각,

돌아갈 집이 없다는 걸 근심하는데

장차 황 진사의 집에 살 수도 없고
혼처도 놓치고, 어미마저 잃은
천기의 딸이니 의지가지없는 신세 아닌가

6

이 겨울 불면의 밤이 늘고
숲속의 마른가지가 부러져
삭막한 낮과 밤이 지나고 있었지

진이는 잠자리를 빠져나와
신새벽 세수하고 머리 빗는 날이 느는데

새벽부터 정오까지 기도하고
오후에는 경전을 읽고 저녁엔
공양주 보살의 부엌일까지 돕는다는
그런 소식 듣고 진관스님은 근심이 생겼네

스님은 진이가 잠시 쉬어가기를 바랄뿐
여승이 되기를 원치 않았기에

진이는 동안거冬安居 동안
한둘씩 고행苦行을 못 이겨
도망치듯 선방을 떠나는 모습을 보았거늘

설을 지나 정진을 끝낸
스님 두 분도 매듭을 풀고 절을 떠났지

그러매 절에는
화강 큰스님과 진관스님,
진관의 시자스님, 공양주할미와 진이만 남았네

7

우수 지나자 봄 언덕에는
연보라 진달래 송이 멍울고
빈 가지엔 속잎 트는 소리 들리는 듯

진이의 두 뺨에도
봄빛은 부시게 내려
벌 나비도 꽃을 찾아 날아드는데

진이의 천진한 표정 뒤에는
남모르는 외로움
가슴 깊이 새겨있을 줄 누가 알리요

떠돌이별처럼
외로운 진이는
이 세상에 혼자였으니

그때 누군가 부르는 이 있어
뒤돌아보니 수돌이 나타나

여울 쪽으로 내려갔지

뒤따른 진이는 물가에 서성이는데
그는 진이 앞에 말없이 선 채
입을 다물고 있자

— 무슨 일로 왔어?
— 심부름으로요
— 그럼 나 따라 와라

8

앞선 진이는
칡덩굴로 엉킨 숲을 빠져나와
언덕에 굴피집 한 채가 눈에 띄는데

그 화전민의 독가촌에서
한 마장 지나 큰 바위 아래 선
수돌에게 진이는 물었지

─ 넌 내 어머니에 대해 언제 알았느냐?
─ 얼마 전이요
─ 어떻게 알았지?
─ 소문으로……
─ 그래서 날 보는 눈빛이 달라진 거냐?
─ 그건 아뇨
수돌은 설레설레 고개 저으며 말했지

─ 헌데 나한테 할 말이 있어?
─ ……

− 내 친어머니에 대해 말이야
그 말에 수돌은 움츠린 표정을 지으며

− 그건……
− 그만 됐다, 내려가자

앞선 진이는 뭔가 흥분했던 탓인지
돌부리에 나뒹군 뒤
까닭 모르는 울음을 터트리고 있었네

9

아침에 눈을 뜬 진이는
윗목에 놓인 보자기를 풀어보니
여러 옷가지 들어 있고
그중 책 한 권이 눈길을 끄는데

집에서 보낸 이 보자기 속에
누가 이 귀한 책을 보냈는지
궁금해 물었더니
― 어제 총각이 집에서 가져온 거래요

진이는 고개를 내저었네
할미가 뜸뜨기 위해
목판을 들이고 화로도 가져왔지

― 아씨, 이 방엔 향기가 나요,
  아씨가 없을 땐 연향같이 은은한데
  아씨가 자고나면 깊고 그윽한 향이……

진이는 잠자코 있는데

― 참 신기해요, 아씨는 낭군님을 잘 만나야 해

― 그런 망칙한 말을……

― 아씨, 음양이 당기는 일보다 중대사가 어디 있다고

　　자… 어서 뜸을 놓읍시다

10

이슬비 끝에 갠 날
수돌이는 꽃길을 걸어 왔지

진이는 박연폭포까지 가려고
하던 참이라
수돌을 앞장 세웠네

고운 얼굴이 눈에 부신지라
수돌은 바로 보지 못하고 말을 건넸지
― 길을 아십니까?
― 듣기에 선거산과 천마산 사이에
  박연폭포가 있다던데……

― 그럼 제가 앞장서지요
― 헌데 요전 날 책은 누가 넣어 주더냐?
― 왜요?
― 귀한 책이라 묻는 거다
― 누가 넣어주긴… 제가 넣었어요

－ 아니, 글을 모른다면서 어떻게?

－ 한양서 온 보따리 장사한테 들은 걸요

－ 참, 기특한 일도……

  늬가 내 생각을 했더란 말이냐?

11

이런 말을 나누던 중
눈앞에 나타난 폭포가
우람한 모습을 드러냈으니

그들 앞에 나타난 이 폭포는
개풍군에 있는 송도삼절松都三絶의 하나로
개성에서 40리 되는 천마산록에서 발원한
높이 200m의 장엄한 물보라를 보는 순간

진이는 넋을 잃고
그 새하얀 물기둥이 나울지는 광경을
한동안 멍히 바라보고 있었네

이 폭포 앞에 서 있는 동안
진이의 눈에는 이슬방울이 맺히고
자연의 위엄 앞에 새삼 놀라고 있었으니

대체 저 물길은 어디서 와

어디로 흘러가는 것인지
잠시 말을 잃고 있던 진이와 수돌은
한참만에야 의식을 되찾고 있었네

12

박연폭포의 황홀경에서 깨어난
진이는 혼자서 가슴 앓아 온 비밀 하나,
그 비밀을 수돌에게서 듣게 되네

— 내 친모의 이름은 무엇이냐?
— 진현학금이라 해요
— 진씨?
— 진현학금은 기적妓籍에서 빠져나와
   아씨를 낳은 후엔 기생이 아니었다 해요
   기생이 싫어 약을 먹고 장님이 되었다고 들었소
   그 후엔 거문고를 끼고 악사로 살았는데
   아씨를 낳아 황 진사 마님께 맡긴 후
   송도에서 자취를 감췄다 해요
   그 후 잊혀졌던 진현금이 되살아난 것은,
   비 오는 날이면 선죽교 근처에서
   거문고를 든 장님 유령이 나타난다는 소문 때문이래요

— 그럼 어떤 연유로 날 황 진사댁에 맡기고

송도를 떠났다는 거냐?

− 그건 알 수 없고 아씨가 만나봐야 해요

− 응, 알았다

진이의 눈빛에는 깊은 우수가 서리고 있었네

13

강남에서 돌아온 청제비,
처마 끝에 둥지 틀어 먹이 잡아 나르는
그런 어느 봄날
진이는 흐르는 눈물로 흥건히 베개를 적셨네

전날 수돌에게서 듣던 비화는
몇 날이 가고
먹물 진 밤 찾아오니 쓸쓸한 생각뿐

진이가 눈물에 젖어 있을 때
별채 입구가 시끌시끌하더니
진관스님의 사자가 공양주할미를 불러냈지

그런 소란에도 진이는 깜박 잠이 들고
이튿날 아침상을 받고 마주 앉아
간밤 일어났던 일을 물은즉

― 삼경이 지나

어느 선비가 별채로 들다
진관스님에게 잡혔대요

– 아, 그런 일이……
– 아씨가 계신 데 웬 남정네가 나타났으니
　사단이 난 거죠

북망산에 간 짝사랑

1

봄빛이 짙어지자
뜰 안 꽃밭에는 노란 수선화가 망울지고

마른가지엔 새록새록 속잎 돋는데
황 진사는 얼굴에 그늘을 드리우고
진이가 나붓이 절하는 데도
물끄러미 볼뿐 냉랭한 표정이었네

그럴 것이 삼포蔘圃를 맡던 이가
야간도주 했다는 얘기 나돌고
그것은 황 진사가 매정한 탓이었다는 소문이었지

이처럼 집안이 어수선한데
엎친 데 덮친 것은
나이 찬 진이의 거취문제였으니

  ─ 여자의 몸으로 절간에서 지내다니
     아녀자의 법도가 아니요,
     남세스러운 일이제

밤이 되어 진이는 큰고모의 채근을 듣자
그만 일어서 방을 나왔네

2

방을 나와 신을 신는데
작은어머니가 낮은 소리로
속삭이는 소리 들렸지

─ 저 앤 따끔하게 일러줘야 해
큰고모가 들으라는 듯 하는 말이니

심부름에서 돌아온 하인 연두만은
진이의 팔을 붙잡고 눈물바람 하며
안쓰럽게 말하기를

─ 아씨, 저는 아씨만 모시고 살다
　죽고 싶은데 어쩜 좋아요?

진이가 절에 가 있던 겨우내
부엌일과 마구간 일을 해온 연두만,
그의 손은 부르트고 얼굴은 거칠었네

대문을 열고 나가니 돌계단 아래
웬 남정네가 서 있었지

- 누구냐?
연두에게 묻자 어색한 듯이
- 아씨, 유리 공방댁 수돌입니다

이윽고 초롱불 든 연두가 앞장을 섰네

3

연두는 마미천변을 따라
만월대 쪽으로 인도해 가는데

일행은 밤바람 속에 풍경소리 들으며
인가 늘어선 냇가를 거닐 때
어느 초가집 담 너머에서
늙은이의 기침소리가 새어나왔지

연두는 마미천에서 좀 더 나가
만월대 가까이 이르자 걸음을 멈추며 말했네

ㅡ 아씨, 여기가 병부교예요
다리 가로는 휘늘어진 수양버들 줄지어 서고
다리 아래로 넘치듯 물이 흘러내리고 있었지

이때 나뭇잎 물방울이 그들의 이마에
후두둑 지고 밤새 한 마리
소리도 없이 머리 위로 나는데

— 아씨, 비가 올 모양이니 서둘러 돌아가요.

비 오는 날 바로 여기에
거문고 낀 귀신이 나온다지 않던가.
진이는 그 자리에 선 채 꼼짝 않고
빗방울은 점점 굵어지고 있었네

4

비 오는 밤길을 걸어 왔으니
심신이 얼마나 고단했던가

그날 밤
진이가 절을 떠나 돌아온 사연 털어놓았네

— 아씨가 생모 일을 알고 싶어해요
곁에 있던 수돌이가 참견하는데

— 진이 그 이름은
    황 진사의 성과 언니의 성
    진을 합쳐 지은 이름이요,
    낳기 전에 미리 지어논 이름이란다
    늘 거문고를 타며 내게
    수많은 이야기를 했단다
    너를 낳던 그날도 거문고를 탔지,
    너를 낳기 직전 태몽을 꾸는데
    바다처럼 넓은 금빛 호수에 흰 연꽃이 피어

그 꽃잎 속으로 들어갔다더라
하여간 너만 낳으면 자신은 죽어도 된다고……

이 태몽 이야기는
다리 아래서 주워 온 아이의 출생신화였네

5

옛일 떠올리자 설움이 복바치는지
큰고모는 눈물을 훔친 후 말을 이었네

― 6년 남짓 금강산에 들어갔었지,
　　그 후 거문고로 귀신을 부를 경지였고
　　자고나면 술청에서 빠져나와
　　네 어미를 보살폈지,
　　네 어미가 황 진사를 만난 건
　　두 해 지난 뒤 병부교 빨래터였어

그때 큰 갓을 쓰고 순금 허리띠 두른
젊은 양반 하나이 병부교 위에서
유심히 내려다보았지

그는 지나갔다가 다시 돌아와 내려다 봤지
빨래를 마칠 즈음에 다시 나타나
집으로 가니 황 진사가 따라왔지

그날 거문고 연주를 듣고
언니의 마음을 사러 애쓴 게라

그런 끝에 언니가 황 진사를 맞아들인 거지
허나 그런 꿈같은 날은 짧았어
한 방에 산 지 반년도 못다했으니……

6

꽃샘 지나고 초여름
외로움에 떨고 있던 진이에게
큰고모와 작은어머니가 안채에서 진이를 불렀지

― 과년한 처녀가 그런 모습으로 …쯧쯧
　중매가 들어왔구나

듣자니 신통치 않자 숙이던 고개를 든
진이는 또박또박 말했네
― 그들한테 전하셔요.
　뉘의 첩이나 후실이 될 바엔
　색주가의 기생이 되겠다고요……

― 애야, 과년한 처녀가 나이차면
　나라에서는 가만두지 않는단다

― 글쎄요, 죄 많은 황씨 댁에 얹혀
　처녀귀신이나 될래요

이 한마디 남기고 일어서자
진이의 팔 붙들 때 고모의 팔 떨치니

─ 아니, 저것이……
고모의 비명 뒤로 하고 진이는 방문을 나섰네

7

별채로 돌아온 진이는
견디기 어렵도록 상처를 입었으니

이러지도 저러지도 못할 고민에
웅크리고 앉은 채
얼굴을 무릎에 처박고 흑흑 느껴울었네

진이가 방안에서 슬픔과 싸우고 있던
어느 날 날벼락이 떨어지는데

난데없이 상여소리 들려오고
상여는 성큼 개울을 건너와
진사 댁 솟을대문 아래 멈추어서
노래를 시작했으니

삽시간에 요령소리 요란해지며
상여군들은 한스런 후렴을 넣었네

나는 가네 잘 계시오
칠성으로 요를 삼고 뗏장으로 이불삼아
살은 썩어 물이 되고 뼈는 썩어 진토 되어
나는 가네 잘 계시오
산 설고 물 선 북망산천에 누굴 믿고 갈거나……

8

어안이 벙벙한 치사는
두 손을 모아 애원했거늘

— 아이고, 이만하고, 지나시오⋯⋯

잠시 후 안채에서 나온 침모가
엽전 한 꾸러미를 요령군 팔에 걸어주자

요령군은 떠나자는 신호를 보내고
상여군들이 일어서는 듯했으나 그뿐
그들은 두 손을 놓고 서 버리고
요령군이 엽전 꾸러미를 내던져 버렸네

— 상여가 꿈쩍 않소, 이 집 아씨를 불러요
— 뭐요?
— 도리가 없소, 아씨가 나와 속옷을 덮어
  시신을 달래주어야 해요
— 아이고 맙소사!

늙은 침모가 기겁을 하자
치사는 사랑채 중문으로 내달렸지

— 영감마님, 큰일이요
— 무슨 일이냐?
눈을 부릅뜬 황 진사는 주렴 너머서 소리쳤네
— 상여가 대문 앞에 꿈쩍도 안 해요
— 웬 상여가?!

9

일인즉 송악산 아래 마을
총각 서생이 죽었는데 그 상여가……
꿈쩍 않는다는 말에 황 진사는 진노했네

― 그 서생이 진이 아씨를 상사하여
　　죽었다 합니다
― 무슨 그런 해괴한 일이?
― 영감마님, 이 일을 어찌합니까?
― 당장 상여 멘 패거리를 내쫓아라!

― 하지만 상여를 함부로 하다가
　　폐가 망신한 일도 있다하니 말씀이요
― 듣기 싫다, 물러가라

급기야 송악산 마을 사람들과
구경꾼들이 바깥마당에 몰려들고

상여군들은 비통한 노래를 늘어놓는데

요령군들은 소리쳐 진이를 불러댔으니

안채에서 이 소식을 듣고
진이는 시퍼렇게 질려 몸을 떨고 있을 뿐이네

10

상여군들의 재촉이 더해지자
- 아씨, 수돌이 올 때까지만 기다려요
눈물에 젖어있는 진이에게 연두가 말했지

찌는 여름날
이런 대치가 팽팽히 이어지던 중
소복차림의 진이가 대문 밖으로 걸어 나오고
맨땅에 퍼져 앉은 상여군들이 일어나자

진이는 허둥지둥 걸어 나와 상여 앞에 서
젖은 땅도 아랑곳없이 두 번 고개 숙이는데

진이가 대문간으로 눈길 돌리고
연두는 그녀의 흰 속옷을 들고 나오자
진이는 그것을 받아 상여 위에 덮으며 뇌기를

- 어찌 날 사랑하고 가다니
  이런 사무친 일이 있단 말이오

비나니 맺힌 것을 다 풀고 가소서

진이가 물러나자 상여군들이 상여를 메고
먼저 부르던 만가 이어 불렀네

11

어이야 어야
왜 이다지도 빨리 가나
매정도 하지 진랑아기

어어야 어야
이제 가면 언제 오나

내년 이때 춘삼월에
이어야 어야
북망산에나 간들
그리운 님이 기다릴까

어어야 어야
왜 이다지도 빨리 가나
매정도 하지 진랑아기

구슬픈 상여소리에 실려 상여는 움직이는데
스물이 새파란 청춘은
그리운 진랑을 사모한 끝에 이리 떠났으니

어허 남차 어허허!
어허 남차 어허옹!

구슬픈 상여소리는 간장을 녹이며
고개를 넘었네

기생 명월

1

진이는 열다섯에 집을 떠나
송도관아 교방에서 배움을 시작했지

어느 날 이름 난 관상쟁이
송도 유수의 아문에 드는데
동기들의 관상을 보도록 삥 둘러 앉았네

관상쟁이는 수많은 동기와 기생 가운데
진이에게 눈길 돌리며 이르기를

− 허허, 미인박명이라더니

그대는 고루 사랑을 나누어 주고
천하의 사랑을 모두 받으라는 운명이로다

동기가 된 두해만에
진이는 기예와 예법과 시서詩書를 마치고
머리를 올리게 되는데

중종 25년 나이 열여덟 때
상사로 죽은 선비의 상여에 속옷 얹인 날부터
송도에 이름이 나 있었거늘

진이가 사대부가를 뛰쳐나와
'명월明月'이라는 이름으로 소문이 나면서
송도의 내로라는 한량들을 설레게 했네

2

진이의 관리를 맡은 옥섬은
첫날 밤 몸값을 제일 비싸게 내는 이에게
맡기겠노라는 속셈이었지

이 소문은 송도를 넘어
멀리 평양과 한양까지 전해지는데
머리 올리는 날은 시월 보름날

팔월 초 들어
큰돈을 건 신청자 나타나는데
호사를 누릴 만한 그런 액수렷다

교방과 행주 기생에게 뇌물을 주어
진이 머리를 올릴 수 있게 손을 썼는데
진즉 머리를 올릴 자 정해졌다는 소문이 퍼지고

객사는 남문 밖 수창궁 근처 집으로
다섯 칸 마루와 위채 뒤로
후원이 있어 조용한 곳으로 정하여졌네

3

첫날 밤 약조한 심부름꾼이
그날 아침 홀연히 나타나 이르기를

― 전할 말이 있어 왔시다
하면서 물건을 놓고 돌아갔지

진이와 옥섬은 긴장된 마음으로
보자기를 풀고 함을 여는데

― 이게 뭐여?
옥섬이 놀라는 것은 무리가 아니었지

그 속에는 황금색
놋쇠신이 들어 있었으니

― 이모, 수돌이 짓인가 봐!
그 말에 옥섬은 고개를 갸웃했네

- 수돌이는 공방도 집도 팔고 사라졌다더니
  틀림없이 수돌이 짓이여

- 그놈이 너를 차지하고 싶은 마음보다
  동기들이 머리 올리는 날 어찌 짓밟히는지
  그게 알고 싶었던 거야……

그 말을 들은 진이는 속살이 떨리는 듯했네

4

옥섬을 비롯한 식구들은
어찌할 바 모르고
장사 시작할 엄두도 못냈지

그 바람에 홍등은 걷히고
이듬 해 정월에 다시 걸리는데

문을 열자 맨 먼저 찾아 온
관아의 교방 뒷방에 앉히고
술상을 차려내 옥섬이 맞이했네

— 명월은 어디 있는고?
— 안방에 책 읽고 있으니 곧 나오리다

교방은 옥외 전각을 둘러보고
담 너머 아래채를 휘둘러보더니
목이 마른 지 단숨에 잔을 비웠네

- 자 유수께서 명월을 들라 하신다
- 무슨 일이요?
- 신년 연회가 있어 기생 수 명과
  명월을 지명해 찾으신다
- 송도 바닥이 명월의 이름을 듣고
  좀이 쑤신가부죠

5

서헌의 안방에 차린 술상은
점심을 겸한 판인지 담백했고
탕과 적과 산적과 전과
유밀과는 정성스레 차려 나왔지

그중 색다른 것은 신선로와
전복회 등이 눈길을 끌었고
술은 장뇌삼을 담은 인삼주였네

수리상 상석에는 유수가 앉고
그 곁에는 능라 치마저고리 차림의
죽선이 트레머리 이고 앉아 있었지

손님은 모두 다섯으로
유수와 서당을 함께 다닌 벗들로
송도 근처 관리들이 유쾌히 잔 부딪치며
인사부터 나누는데

잔이 비는 쪽쪽 기생들이 술을 따르고
서헌 밖은 통인들의 발길이 바쁜데

세 번째 잔이 부딪쳤을 때
풍덕 군수 곁에 앉은 진이를 가리키며

― 허허, 소문난 명월이 여기 떴구려!
송도 유수가 새삼 머리 올린 명월을 띄웠거늘

6

진이가 성큼 일어서 허리를 굽히니
공단 저고리에 흰 치마를 입은
열아홉 꽃송이는 보는 이마다 눈부시어

흡사 새벽 호수
첫 모습 드러낸 수련꽃처럼
보는 이의 가슴 녹아내리게 하고
그윽한 향기 어리는 듯했으니

— 하늘에서 내려온 천사 같은 이
그 소리에 모두 숨을 죽이고 있었네

— 내 술잔이 떨리는구나!
장단 목사는 한마디 뽑은 후 다시

— 한 고을 수령을 떨게 하는 저 모습이
  송도에 나타났단 말인가!

- 자, 이 해의 행운을 축수하며……
다시 잔이 부딪치자 기생 셋이
차례로 절을 올리며 들어왔네

　- 그래, 묵지는 요즘도 글을 쓰시오?
　- 내 낙은 그것뿐이라오
　　사시사철 글을 그적이니 삶의 보람이
　　거기에 녹아 있다오

7

얌전히 앉아 있던 진이가
낭랑한 음성으로 말을 꺼냈네

− 송구하오나 묵지께오서는
　신성의 물을 검게 물들였다는
　그 묵지 이십니까?

진의 물음에 유수가 나서
− 그대가 신성의 검은 물을 안단 말이냐?
　글줄이나 읽는 선비들도 지나치거늘……
　왕희지에 대해 또 안다고 하느냐?

− 그분의 '난정집서'를 읽은 적이 있습니다
− 오오, 그래……
　정녕 그렇다면 그 글귀 한 대목을 읊어보렴

− 네, 앞 문장만 읊어 보겠습니다

'사람은 현실에 나와 평생을 부앙 속에서 보낸다. 어떤 이는 친구를 불러 그 포부를 방안에서 털어놓고, 어떤 이는 마음 붙일 곳을 찾아 먼 방랑을 떠난다, 사람마다 자취는 다르고 정성이 달라도 잠시 뜻을 얻었을 때엔 자기만족에 취하나 만년이 성큼 다가오는 것은 좀처럼 알지 못한다 …… 하였습니다.'

— 그 문집을 외다니 기특한 일이로고
곁에 있던 유수가 다시 한 마디 보탰네

8

− 오호, 내 눈앞이 밝아지는 듯하이
이리 감탄하는 이는 송도 유수가 부러운 듯
− 진작 소과를 보지 못한 것이 후회스럽네

− 아니, 저 친구가 그렇게 권해도
  벼슬이 싫다고 과거를 보지 않더니
  후회하는구먼…… 명월이 저 사람 좀
  잘 봐주, 죽마고우로 초야에 묻혀
  훈장을 하고 있지만 귀한 선비일세

− 과찬하시니 소녀 황공합니다

− 명월은 무슨 재주를 지녔는가?
곁에 있던 유수가 묻자

− 거문고를 좀 타고 노래를 부릅니다

− 한 곡조 들어볼까

술자리는 이렇게 그 멋과 흥취로

더없이 무르익어 갔으니

9

진이는 거문고를 들고 와 숨을 고르더니
술대를 쥔 오른손 쳐들어 '낙양춘'을 켜니
실내는 숨소리도 멎는 듯했네

현에서 울리는 소리는
새가 지저귀듯 고운 선율이 흐르고
섬세하고 고와 깊은 감동을 주니

─ 저 나이 짧은 수련에
  이런 소리를 내다니 놀랍소
  범상치 않은 기예가 엿보여요

과거를 마다했다는 훈장의 말에
다들 고개를 끄덕이며 탄성을 내었거늘

─ 그렇소, 자색과 기예를 갖춘
  명월이 송도에서 났으니
  한 유수의 공덕이 크십니다

자, 드시오, 한 유수에게 축하하는 잔이요

해주 목사의 원창이 있자
다같이 잔을 들어올려 마주치며 말했네
－ 축하하오!

10

산사에서 울리는 종소리
검은 먹물이 번지는 시간이었지

홍등에 불을 켜는데
교군들을 앞세워 교방이 들어서자

— 아씨, 교방 나리가 또 왔어요
연두가 말하자 방안의 옥섬은
흘낏 진이를 바라보면서 눈길이 마주치고
옥섬이 대청으로 나가 경계의 눈초리로 물었네

— 교방이 두 번이나 어쩐 일이지요?
— 유수께서 명월을 들라하오
— 네?
— 교군들을 딸려 보냈소
옥섬은 우두커니 서서 교방을 쳐다보고 있는데
— 어서 준비를 서둘러야겠소
교방의 재촉에 옥섬이 방으로 들어서니

진이는 신고 있던 버선을 내려다보고 있을 때

- 옷 갈아입어야지
- 이모, 무슨 일인가요?
- 깊은 것은 모르나 기생은 관비와 같아
  유수의 뜻을 거스를 수는 없어……

11

- 옷을 갈아입으래두
허나 진이는 움직이지 않고 방에 드는데
옥섬은 따라 들어 등불을 켜니
진이는 소리없이 흐느끼고 있었네

- 너 이런 생각으로 기생이 되겠다 했니?
  왜 늬 어미가 제 손으로 약을 먹고
  밝은 세상을 버렸겠니?

그제야 진이는 일어나 옷을 갈아입는데
옥섬이 진이의 손을 부여잡으며

- 진아, 우리 각오했던 일이 아니냐?
  머리 올리고 그날 내가 이른 말 잊지 말거라

- 이모, 전……
- 아니, 너 수돌이 때문이냐?
- 수돌이가 제 할 수 있는 힘껏 했으니

마음이 편치 않아요

진이는 그때 생각 때문인지
대청을 나가 당혜를 신는데 한참이 걸렸네

동짓달 기나긴 밤에

1

일찍이 황진이는
석학 서경덕의 문하에 들어 배웠지

송도 박연폭포와
스승 서화담과의 인연으로
진이는 명월明月이라는 이름을 얻는데

그는 스스로를
'송도 삼절'이라 일컬었었네

황진이는 평생토록

서화담의 고매한 인품에 이끌려
거문고와 술병을 들고
스승이 거처하는 초야에 다녔거늘

진즉 지족知足이란 노선사가 있어
30년간 면벽송경面壁誦經에만 몰두하다
진이에게 파계破戒된 바 있었으나

스승 서화담과는
상스러운 지경에 이르지 않았다 하네

2

어느 날 스승을 찾은 진이는
화담에게 이르기를
— 송도에는 '삼절三絶'이 있습니다, 하니

— 무엇인고? 물은즉
— 박연폭포와 선생님과 그리고
　　술잔을 드리는 저입니다, 하니

서화담은 껄껄껄 웃었다 하네

송학산에 둘러싸인 송도는
산수가 수려하고 맑은 물이 흘러
뛰어난 인재가 나며
화담의 이학理學이 꽃피게 되었으니

나라의 명필 석봉石峰은 그 필법이
사해에 이름을 떨쳤고
진랑 또한 여자 가운데 명월明月이 아닌가

3

서화담은 일찍이
역학易學과 경서經書에 뛰어났지만
과거와 벼슬에 뜻을 두지 않았으니

성종 20년에 태어나
명종 1년에 세상을 뜬 당대의 석학이라

중종 39년 대제학 김안국의 천거로
원릉 참봉에 임명되었으나 받지 않고
학문과 후학의 가르침에만 전념했거늘

그의 '화담집花潭集' 가운데
태우설太虞說, 원리기原理氣, 사생귀신론死生鬼神論,
성음해聲音解 등은 널리 알려진 석학碩學이라

그의 문하생 되기를 바라
수많은 영재들이 다녀가고,
한때 황진이도 배움 청하러 찾았으니

4

진이가 스승을 찾았을 때
한눈에 알아보고 묻기를

― 그대가 황진이인가?
  이름이 헛되지 않구면……
  내 곁에서 공부를 해 보게나

진이는 스승의 높은 성가聲價와
인격의 고매함에 이끌려
사모의 정 마음속에 간직했으니

어느 달 밝은 밤
진이는 스승을 모시고
그의 곁으로 다가가 다리를 주물었네

숨소리도 들리지 않는
고즈넉한 오밤
진이는 화담을 꺾어보려는 심사로

저고리를 활활 벗어젖힌 채

창에 비친 달빛에
볼록한 유방을 내보여도
화담은 끄덕도 않는 돌부처라

5

달이 기우는 삼경 무렵
졸림을 견디지 못한
진이는 그의 곁에 누워 버리고

살과 살이 맞닿으자
화담은 진이를 불끈 들어
윗목에다 옮겨 누이며 이르길

─ 많이 고단한 게로군!
어느덧 화담도 잠이 드는데
진이는 어지러운 꿈결에서 깨어나며

─ 육욕마저 떨쳐버리는 스승님!
진이는 온몸에 찬물을 끼얹은 듯
스승의 높은 덕에 고개를 숙이고 마네

스승과 제자 사이
이런 감정의 갈등 속에서
스승과 제자는 배우고 가르쳤거늘

6

그런데 웬일인지
진이가 오는 날이 뜸해졌네

한두 번 오지 않는 날은
급한 일이 생겼거니 했으나
그런 날이 거듭되자

그녀를 기다리는 마음 깨닫고
화담은 스스로 놀라기도 했네

한편 글을 배우러 다니던
진이는 이런 저런 일에 쫓겨
하루라도 못 가는 날이면

스승의 인자한 모습이,
온화한 음성 듣고 싶은 마음에
문득 문득 놀랐네

깊은 가을밤 낙엽 구르는 소리에
창을 열고 그리움에 사무치다가
그런 자신을 뉘우쳐보기도 하지만
잠은 달아나고 달은 넘어가고……

7

진이를 기다리는 그 마음
서화담은 노래로 달래어 보네

　　마음이 어리석은 후니
　　하는 일마다 다 어리석구나

　　첩첩한 깊은 산중에
　　어느 누가 나를 찾아 오겠는가마는

　　지는 낙엽소리와 부는 바람소리에
　　행여 네가 오나하고 기다려지는구나

무슨 마음이 움직였던가,
스승의 이런 심정을 헤아린 듯이
진이는 문밖에 와 있었으니

그 사무치는 자신의 갈망을
스승도 간직하고 있는 것을 깨닫는 순간
진이는 흑흑 느껴 울며
노래로 화답을 했네

8

마음이 어린 후이니
하는 일이 다 어리다

만중운산 萬重雲山에
어느 님 오리마는

지는 잎 부는 바람에
행여 긘가 하노라

이 노래는 당장 뛰어 들어가
맺힌 설움을 마음껏 토해내고 싶으나
그 충동 억누르면서도
끝없는 회한이 서린 노래였네

제가 언제 신의가 없어
임을 언젠들 속인 적이 있사오이까?

달이 기울고 삼경이 되도록 기다려도
어이 저를 찾아주실 뜻이 없으시오이까?

무심한 가을바람에 지는 낙엽소리야
전들 어이 하오리까?

9

방안에 앉아 노래를 듣던 화담은
문을 열고 그녀의 손을 잡아당기니
불도 켜지 않은 방안은 적막이 감도는데

이날의 정경을 가집歌集
'동가선東歌選'에는 이렇게 써 있지

— 서화담과 약속한 밤에 진랑이 가본즉
서화담이 초연히 앉아
노래를 부르는데 진랑이 이 노래를 지어
그 노래에 화답했다 하거늘

훗날 서화담의 죽음을 진이는 이리 노래했네

산은 옛 산이로되
물은 옛 물이 아니로다

밤낮으로 흘러가니

옛 물이 있을소냐

사람도 물과 같아
한번 가고는 다시 오지 않는구나

10

다음 노래는
황진이 '병가瓶歌'에 나오는
시조이니

　　내 언제 무신無信하여
　　님을 언제 속였관데

　　월침 삼경月沈三更에
　　온 뜻이 전혀 없네

　　추풍에 지난 님 소리야
　　낸들 어찌 하리오

벽계수의 기를 꺾다

1

종신 중에 벽계수라는
근엄한 인물이 있어
여색에도 동하지 않는다 하네

노래의 명수요
명성이 드높은 황진이의 소문에도
끄떡하지 않았으니

그런 소문을 들은 진이는
오기가 발동했는지
그를 꺾어보고 싶은 충동이 일던 중

때마침 벽계수가
송도에 나타나 만월대를 소요하매
진이는 시비를 데리고
가까이 이르러 이리 노래했네

청산리 벽계수야
수이 감을 자랑마라

일도 창해하면
다시 오기 어려우니

명월이 만공산하니
쉬어간들 어떠리

2

이 주옥같은 노래 가락에
명기의 유혹
뿌리칠 사람이 어디 있으랴

마침내 벽계수의 근엄도
단번에 무너져 갔으니
들어보자꾸나

산은 옛 산이로되
물은 옛 물이 아니로다

주야에 흐르니
옛 물이 있을소냐

인걸人傑도 물과 같도다
가고 아니 오노매라

'해주海周'(135)에 나오는 노래요
그 이야기를 '금계필담錦溪筆談'에서
다음과 같이 적고 있으니

3

종실宗室에 벽계수란 이가 있어
한번 보고자 했으나 진이는

－ 풍류 명사가 아니면
　아니 된다 하자

손곡蓀谷 이달李達에게 간청했더니
그가 이르기를

－ 공이 진랑을 보려거든 내 말을 듣겠소?
　하니 벽계수는 말하기를

－ 따르고 말고 하자
　이달이 일러 주기를

－ 공이 소동에게 거문고를 끼고
　뒤따르게 하고 작은 나귀를 타고
　진랑의 집을 지나 누에 올라

술을 마시며 한 곡조 타노라면
진랑이 그대 곁에 앉을 것이어늘

공이 본 체 만 체하고 일어나
나귀를 타고 가면
진랑이 뒤따라 올 것이니
취적교吹笛橋를 지나도록
돌아보지 않으면 일이 성사될 것이요
그렇지 않으면 낭패가 될 것이오

4

벽계수가 이달의 말대로 하니
과연 진랑이 따라와
금동에게 물어 벽계수임을 알고는

'청산리 벽계수야……'를 부르매
벽계수가 듣고 뒤를 돌아보다가
문득 나귀 등에서 떨어지니

진랑이 웃으며
— 이는 명사가 아니고
   한낱 풍류장이라, 하며

그만 돌아가 버리니
벽계수는 부끄러워 어찌할 바를 몰라 하거늘

이 웃지 못할 이야기는
서유영徐有英의 '금계필담'
하권下卷에 전해 오네

이사종李士宗과의 로맨스

1

황진이는 콧대 높은 벽계수를
쉽게 꺾은 후
밀려오는 외로움을 메울 길이 없었네

이 같은 공허함은
뭇 남성을 굴복시키고자 하는
마음 충동하게 되니

한 남자의 사랑을 받으며
평온한 가정을 이루는
아녀자의 길을 갖고 싶어 했네

유달리 정에 넘친 그녀였기에
공허한 가슴은
불면의 밤을 지새워야 하기에

늦게 귀가하는 지아비를 위해
등잔불을 돋우면서 기다리는
그런 다소곳한 자신을 그리기도 했거늘

2

진랑이 스물일곱 되던 해
서화담이 거처하는 초당을 찾아보고
돌아오는 길인데

박연폭포와 송악산을 소요하고 오던
명창 이사종을 만나게 되고,
'어우야담於于野談'에는
황진이와 이사종의 사랑 얘기가 나오거늘

선전관 이사종은 명창으로
어안 천수원 냇가에 놀고자
의관을 벗고 누워서 수삼곡을 부르고 있을 때

이를 기이하게 여긴 진이는
말을 천수원에 매어놓고 들으니
이는 촌가村歌의 이곡俚曲이 아니라는 듯

― 이 노래는 심히 특이하여
   필시 경중京中의 풍류객 이사종이리라

3

진이는 사람을 시켜 알아보고
과연 이사종이라 기뻐하며
자리를 옮겨 가까이 다가갔느니

마침내 집에 이르러
몇날 며칠을 머물면서
뜨거운 정 서로 주고받았거늘

이후 6년을 동거하는데
그녀는 살림을 옮겨와
그의 가솔들을 먹여 살리고

그 은혜 갚기 위해 이사종은
이후 3년은 황진이의 생활비를 댔으니

이런 6년의 세월이 지나자
황진이는 약속의 기간이 되어
이만 하직하겠노라며 그의 집을 나서니
멋진 현대판 계약결혼이 아니런가

4

불같은 정열을 불태웠던
이사종과 헤어진 진이는
이별의 아쉬움을 못잊은 듯

찬바람 몰아치는 긴 밤을
못잊어 지은 그 노래
주옥같은 불후의 시조로 남으리니

　동지달 기나긴 밤을
　한 허리를 베어내어

　춘풍 이불아래
　서리서리 넣었다가

　어른 님 오신 날 밤이어든
　굽이굽이 펴리니

사포에 견주는 황진이이언만
무시로 닥치는 노리개 생활은
그 허전함이 밀물처럼 밀어닥쳤거늘……

소세양과의 한 밤

1

진이는 자신이 정복한 남자는 많았으나
스스로 사랑을 바친 이들은
모두 그녀의 곁을 떠났으니

헤아려 보면
부운거사浮雲居士가 그러하며
서화담 스승이 그러하였으며
이사종, 소세양蘇世讓이 그러했네

　　달빛 아래 뜰에는
　　오동잎도 다 지고

찬서리 속 들국화는
노랗게 되었구나

누대는 높아 높아
하늘만큼 닿았는데

오가는 술잔은
취하여도 끝이 없구나

흐르는 물소리는
차기가 비파소리

피리에 감겨드는
그윽한 매화 향기

내일 아침 우리 둘이
이별을 하고나면

임 그린 연모의 정은
길고 긴 물거품 되네

2

이 노래는
'정별소양곡세양呈別蘇陽谷世讓'으로

우리 둘이 이별을 하고 나면
임 그린 연모의 정은 길고 긴 거품이 되네

이처럼 가는 임을 부여잡고 매달리는
황진이와 소양곡과의
30일간의 애절한 사랑을 노래하고 있으니

소양곡의 '진보' 459에는
다음 기록이 전하기도 하는데

소양곡 세양은 소싯적부터 여색을 탐내
이를 보고도 동요치 않은 사람은
사내가 아니라고 했느니

3

사연인즉
송도의 명기 황진이의 소문을 듣고
친구들과 약조하기를

- 내가 이 기생과 한달을 살다
  곧 헤어진다 해도
  털끝만치도 얽매이지 않겠노라

  만일 이 기간이 지나
  하루라도 더 머문다면
  자네들이 나를 졸자라 불러도 좋네

그러고는 송도로 가 진랑을 보니
듣던 대로 명기인지라
서로 한 달을 지내다
이윽고 떠나게 되는데

진이는 슬픔의 기색 없이 말하기를

- 공公과 헤어지는 마당에
  할 말이 없느냐고 청했다 하거늘

4

이에 소양곡이 허락하니
진이가 시 한 수를 건네주는데

　달빛 아래 뜰에는
　오동잎도 다 지고……

　님 그린 연모의 정은
　길고 긴 물거품이 되네

진이의 속마음을 받아든 소양곡이
하루 더 머물면서 사랑을 불태우니

그는 친구들로부터
사람이 아니라고 놀림을 받았으나
소양곡은 괘념하지 않았다 하네

이렇듯 소양곡에 대한 그리움
한도 없어 진이는 시를 짓기를

생각코 보고픈 마음
만날 길은 꿈길 뿐이니

임을 찾아가 반길 땐
임은 다시 나를 찾아오네

원컨대 이후부터는
서로가 어긋나는 꿈길을

같을 때 같이 떠나
길 가운데서 만났으면

지족선사知足禪師의 파계

1

어찌 그뿐인가
진이는 30년 면벽 송경의 지족선사
파계시킨 얄미운 요정이었으니

선사 파계시킨 후
진이는 정복했다는 기쁨보다는
회한의 마음뿐

진이는 귀법사 처마 끝 바라보며
뒤로 전해졌던 산개치마 다시 쓰면서

－ 저는 지족암으로 가렵니다

－ 불공 때문은 아니시겠죠?

－ 스님 말씀대로 저도 관음보살님께

　무릎 꿇겠어요, 하지만 지금은……

－ 좀 더 나이 들어 산으로 오신다……

－ 지금은 사내의 속내를 더 보고 싶어요

서소옥은 고깔 쓴 머리를 갸웃거리다

－ 지족선사 시험해 보려고 오는 길인가요?

2

다시 걸음 주춤거리며 묻기를
- 생불生佛이 다 된 분이라던데요?
- 10년을 하루같이 면벽 송경한
  고승이십니다, 아마도……
- 안 된다는 말씀인가요?
- 어림도 없는 짓이겠지요
- 실패하면 스님께 가서 부처님
  제자가 되겠어요

이런 말 주고받다가 갈림길에서
그는 서소옥 귀법사로,
진이는 지족암으로 눈인사 하며 갈라섰네

해가 기울자 허전한 가슴을 안고
진이는 지족암을 나서는데

부끄럽기 그지없었네
햇빛에 부끄럽고

지천에 널린 푸나무에,

하늘 나는 날짐승에게도 부끄러웠네

3

진이는 산을 내려오다
다시금 서소옥을 만나자 묻기를

- 왜 그냥 가시는 게요?
애써 서소옥의 눈길을 피한 진이는
- 부끄러워요, 스님
- 기어이 지족스님을 파계시킨 게요?
- 아니요, 그 스님은 이미 생불이 되신 분인데
  파계를 하다니요?
진이는 아직도 지족의 혈관 속에 흐르는
피의 온도를 느끼며 시치미를 뗏네

산봉우리 아래 뻐꾸기는 울어대는데
스님은 다시금 말하기를
- 혹여 지족선사님을 만나시거든
  말씀드리세요
- 무슨 말씀을……

진이가 지족선사를 파계시키고
산을 내려올 때의 속마음을
다음과 같이 노래했네

청산은 내 뜻이오
녹수는 님의 정이

녹수 흘러간들
청산이야 변할손가

녹수도 청산을 못 잊어
울어예어 가는고

4

청산처럼 변치 않는 임의 정
그토록 갈구하던 진이

청산을 못잊어 울어예는
녹수의 그 마음 헤아리기 어려우니
그녀가 남긴 유언 살펴보건대

진이는 병들어 죽음에 이르자
집사람에게 이르기를

— 내가 세상 남자들을 위해
　　스스로 사랑하지 않다가 이에 이르렀으니
　　내 죽거든 관과 상여를 사지 말고
　　죽은 시체를 동문 밖에 버려
　　물과 모래, 개미들이 내 살을 파먹게 하여
　　나를 경계 삼게 하라

집사람들은 그의 유언을 따랐으나

어느 남자가 진이의 시체를 거두어

장단長湍의 언덕 남쪽에 묻었다 하네

5

죽음을 앞둔 진이는
마음 비운 듯이 나직이 말했네

— 내 죽거든 울지도 말고
  고악鼓樂으로써 상여를 내보내 달라

이 같은 유언은
'생전의 업보가 많으니 관도 쓰지 말고
동문 밖에 버려 뭇 벌레의 밥이 되게 하며
천하의 여자들로 하여금 경계를 삼게 하라, 했거늘

진이는
타고 난 재능이 뛰어나
불세출의 천재시인이었으니

그가 써낸 구슬 같은 시편은
당대의 명사들은 물론이요
후대에 이르러서도

그와 견줄 만한 시인을

다시 만나기가 어려우니

행여, 서구의 사포와 견줄 수 있을까

6

송도 삼절의 석학이요
일찍이 그의 슬하에서 배웠던
서화담의 죽음을 노래한 절곡絶曲을 보자꾸나

　　청산은 내 뜻이요
　　녹수는 님의 정이

　　녹수 흘러간들
　　청산이야 변할손가

　　녹수도 청산 못잊어
　　울어예어 가는고

이처럼 생의 허무를 노래했던
그녀는 임제에게도
'잔 잡아 권할 이 없음을 탄식했으니'

　　어저 내 일이여
　　그릴 줄을 모르던가

이시라 하드면
가랴마는 제 구태여 보내고

그리는 정은 나도 몰라 하노라

끝맺는 시

가인 임제林悌는 한양길 걸어
벼슬자리 오르며 승승장구 하였네

어느 날 고관들과 얼려
주거니 받거니 술잔 나누던 자리

그는 무심코
명기 황진이는 송도 제일의 시인이라
털어놓은 말 씨앗 되는가

이것이 실마리가 되어
전날 한양길 오를 때
황진이의 무덤 앞에 술을 따르며

예 갖추었다는 풍문을 트집 잡아

이런 망칙한 짓은
벼슬아치로서 부끄러운 일이라며
파직당하는 비운 맞이했으니

황진이여
우거진 잡초밭에 자는가 누웠는가
어서 깨어나 가야금 열두 줄 소리
들려주지 않으련가

안도섭

1933년에 태어나 조선대 국문과에서 수학했다.

1958년 『조선일보』 신춘문예에 시 「불모지」가, 『평화신문』 신춘문예에 시 「해당화」가 각각 당선되어 문단에 등단하였다. 이후 「연가」, 「거울」, 「우리 더욱 사랑을 위해」 등 시대적 애상을 서정적으로 읊은 시편들을 발표했다. 1959년 전봉건과 함께 사화집 『신풍토』를 주재했으며, 이듬해 시집 『地圖속의 눈』을 발간하여 제6회 전라남도문화상을 수상했다.

시집으로는 『地圖속의 눈』(1959), 『풀잎序章』(1984), 『하늘을 아는 사철나무』(1986), 『어느 火刑日』(1987), 『사랑을 말하라면』(1988), 『일억의 눈동자와 사랑을 위한 百의 노래』(1989), 『살아있다는 기적』(1990), 『내 얼굴 벌거벗은 혼』(1991), 『나무나무와 분홍꽃 아카시아는』(1991), 『아침의 꽃수레 타고』(1994), 『지리산은 살아있다』(1999), 서사시집 『새야 녹두새야』(개정판, 2002년 우수문학도서), 『돌에도 꽃이 핀다 했으니』(2004), 『파고다의 비둘기와 색소폰』(2009), 대하서사시집 『아, 삼팔선』(전4권)(2007), 『자작나무 숲길』(2014) 등이 있다.

에세이로는 『한 잔의 찻잔에 별을 띄우고』, 『책과 어떻게 친구가 될까』, 『스푼 한 순갈의 행복』, 『문장작법 101법칙』, 『윤동주 평전』이 있다.

한편 소설에도 관심을 기울여 『한씨 一家의 사람들』, 콩트집 『암수의 축제』, 장편소설 『녹두』, 창작집 『방황의 끝』, 역사소설 『김시습』, 장편 『개성아씨』, 소설집 『청춘의 수첩』, 『명동 시대』(2011년 문화관광부 우수교양도서), 『한 여자』, 『윤동주, 상처입은 혼』(2014년 한국출판문화산업진흥원 우수출판콘텐츠 선정) 등을 발표했다.

한글문학상(대상), 탐미문학상(대상), 허균문학상(대상), 雪松문학상(대상), 한민족문학상(대상), 한국글사랑문학상(대상)을 수상했으며 현재 한국문인협회 자문위원을 맡고 있다.

안도섭 서사시집

동짓달 기나긴 밤에

초판 1쇄 인쇄 2019년 1월 30일
초판 1쇄 발행 2019년 2월 12일

지 은 이 안도섭
펴 낸 이 최종숙
펴 낸 곳 글누림출판사

책임편집 이태곤
편   집 문선희 권분옥 박윤정 홍혜정 임애정 백초혜
디 자 인 안혜진 홍성권 김보연
마 케 팅 박태훈 안현진

주   소 서울시 서초구 동광로46길 6-6(반포4동 577-25) 문창빌딩 2층(우 06589)
전   화 02-3409-2055(편집), 2058(영업)
팩   스 02-3409-2059
전자메일 nurim3888@hanmail.net
홈페이지 www.geulnurim.co.kr
블로그 http://blog.naver.com/geulnurim
북트레블러 http://post.naver.com/geulnurim
등록번호 제303-2005-000038호(2005.10.5)

정   가 13,000원
ISBN 978-89-6327-505-5 03810

* 이 도서의 국립중앙도서관 출판예정도서목록(CIP)은 서지정보유통지원시스템 홈페이지(http://seoji.nl.go.kr)와
  국가자료공동목록시스템(http://www.nl.go.kr/kolisnet)에서 이용하실 수 있습니다.(CIP제어번호: CIP2019002931)